Domhan faoi cheilt

le

Iarla Mac Aodha Bhuí

CLÓ MHAIGH EO

An Chéad Eagrán 1999
© Iarla Mac Aodha Bhuí

070997

ISBN 1 899922 08 3

Arna phriontáil ag:
Clódóirí Lurgan Teo., Indreabhán, Conamara, Co. na Gaillimhe.

Do Niamh agus do Dhiarmuid

Domhan faoi cheilt

1

'Tá mé bréan de seo,' arsa Evan agus é ag féachaint trí na figiúirí iomadúla ar scáileán an ríomhaire. Bhí sé ag freastal ar chúrsa chun cáiliú mar spásphíolóta ar an stáisiún seachadta a bhí lonnaithe idir domhan agus gealach. I gceann bliana bheadh sé cáilithe dá n-éireodh leis ina chuid scrúdaithe. Mar chuid dá dhualgaisí bhí air tamall a chaitheamh gach lá le monatóireacht ar an teileascóp Hubble a bhí á úsáid chun na mionphlainéidí a iniúchadh.

'Tháinig mise amach go dtí an spás le bheith ag taisteal thart. Níor shamhlaigh mé riamh go mbeinn i mo shuí ag féachaint ar fhigiúirí.'

'Bíodh foighid agat, a bhuachaill,' a d'fhreagair a dheirfiúir Brigitta, a bhí le cáiliú an samhradh dar gcionn. 'Tá an oiread sin sa spás idir Mars agus Iúpatar go dtiocfaidh muid ar rud éigin suimiúil má leanann muid ar aghaidh ag scrúdú na mionphlainéad. Ní féidir leat a bheith ag súil le dul amach ansin i spáslong gan tuairim agat cá bhfuil tú ag dul nó cad tá á lorg agat.'

'Ní bheidh ann ach meall iarainn nó tiotáiniam nó a leithéid ar aon nós,' arsa Evan go gruama. 'Is fada é seo ó na brionglóidí a bhíodh agam faoi thaisteal i measc na bplainéad agus bualadh le neacha coimhthíocha. Níl ionainn ach mianadóirí.'

'Innealtóirí.' Cheartaigh Brigitta é. 'Is iad na hinnealtóirí a thagann ar na mianraí. Is obair do dhaoine eile an mhianadóireacht. Agus cá bhfios cad a chasfar orainn nuair a théimid amach ansin.'

'Meas tú an mbeidh aon chraic sa scannán seo a bhéas á dhéanamh ar an spás-stáisiún go ceann míosa?' a d'fhiafraigh Evan. 'Beidh orainne cuid de na *stunts* a dhéanamh do na haisteoirí.'

'Ó, bhí mé páirteach i gceann acu sin cheana,' a d'fhreagair a dheirfiúir. 'Déantar cúpla scannán gach bliain anseo. Is beag is fiú iad. Is cuimhin liom lá iomlán a chaitheamh ag léimt isteach is amach as suíochán an phíolóta chun léiritheoir a shásamh. Dúirt sé nach raibh mé ag gluaiseacht mar a bhíonn an réaltóg Dana Winters. Agus chaitheadh an óinseach sin leath an lae á scrúdú féin sa scáthán agus ag tabhairt amach don ghruagadóir. Ar ndóigh bhí an laoch fir deich n-uaire níos measa ná í. Chaith sé mí anseo agus déarfainn nach ndearna sé níos mó ná trí lá oibre chun a thrí mhilliún a shaothrú. Ná bí ag súil le mórán ó lucht na scannánaíochta. Beidh sé leamh go leor ach beidh do chuntas bainc níos sláintiúla dá bharr.'

Bhí a deartháir ag faire ar na figiúirí ar an ríomhaire i gcónaí. Shuigh sé suas go tobann agus sceitimíní air.

'Féach tá sé sin an-aisteach,' ar sé ag stánadh ar shraith uimhreacha ar an scáileán. 'Féach, carraig tríocha ciliméadar ar fhad, an-chuid miotail ann ach de réir na bhfigiúirí seo tá folús nó gás ina lár. Níl ach an cúigiú cuid den mheáchan ann a bheifeá ag súil leis óna chomhdhéanamh.'

'Faighimis pictiúr,' arsa Brigitta ag teannadh isteach lena thaobh. Thosaigh a méara ag damhsa ar an luibheannchlár agus tháinig pictiúir ar an scáileán. Sorcóir dubh ag lonradh go lag i measc na réaltaí.

Lig Evan fead. 'Ní plainéad ar bith é sin! Spásárthach atá ann! Fiche sé ciliméadar ar a fhad! Níl a leithéid ann. Níl muid ach ag tosú ar ár gcéad ollstáisiún agus ní bheidh ach cúig chiliméadar de thrastomhas ann. Meas tú an bhfuil obair rúnda éigin á déanamh ag an rialtas?'

'Is ar éigean é,' a d'fhreagair an cailín. 'Tá sé sin ró-fhada amach.'

Stán an bheirt spásdalta sna súile ar a chéile agus sceitimíní orthu. Tháinig dordán rabhaidh ón ríomhaire agus léiríodh teachtaireacht ar an scaileán. *Tá bhúr seal ar an Hubble caite, an bhfuil sibh ag iarraidh an t-eolas atá cruinnithe a chur i dtaisce?*

Smaoinigh an buachaill ar feadh soicind agus ansin ghliogáil sé ar 'Níl.'

'Tuige a ndearna tú é sin?,' a d'fhiafraigh Brigitta.

'Níl a fhios ag éinne faoi seo ach muid féin,' arsa Evan. 'Fágfaimid mar sin go fóill é.'

Bhí crith ina ghlór agus é ag cuimhneamh ar a raibh amuigh ansin sa spás. 'Tá mise ag dul amach ansin láithreach. An bhfuil tú ag teacht liom?'

Stán Brigitta air.

'Ní bhfaighimid cead,' ar sí.

'Nach bhfuil seisiún traenála againn tráthnóna.' Ba dheacair don fhear óg gan a ghuth a ardú le sceitimíní na hócáide. 'Imeoimid linn ón scuaidrín nuair atá muid amuigh. Déan cinnte go mbeidh tú ar an árthach céanna liom. Rachaidh mise go dtí an haingear chun breosla breise a chur in LT 367. Tá mé in ainm a bheith ag coinneáil cóir air ar aon chaoi. Ní bheidh aon fhadhb agam le sin. Agus,' ar seisean, 'ní dhéanfadh sé aon dochar greim bia a chur i dtaisce ann. Tógfaidh an turas cúpla lá ar a laghad orainn.'

'Cúpla seachtain, b'fhéidir,' ar sise. Bhuail sí a bosa go héadrom. 'Ceart go leor. Beidh mé leat!'

2.

Seacht milliún ciliméadar amach a bhí an scuaidrín agus an ceannaire Ó Tuathail ag labhairt leo go léir faoi na hiontaisí a bheadh le feiceáil ag an daltaí ar an ollstáisiún nua.

'Beidh os cionn céad míle duine in ann cónaí ann,' ar seisean. 'Beidh páirceanna glasa acu, agus fiú srutháin agus locha ar imeall na mbailte. Ar go leor bealaí beidh sé cosúil le bheith sa bhaile ar an Domhan sular tharla na Timpistí Móra.'

Ag tagairt do na tubaistí timpeallachta agus na cogaí a tharla ag deireadh an fichiú haois a bhí sé, nuair ba bheag nár cuireadh deireadh ar fad leis an tsibhialtacht ar Domhan.

Scuaidrín de ocht spáslong beaga a bhí ann, gach árthach acu timpeall dhá mhéadar déag ar fhad agus spás ar éigean in aon cheann acu do chúigear. De ghnáth úsaideadh iad chun foirne comhthabhála agus eolaithe a iompar idir an ghealach agus Mars, nó chuig an gréasán saitilítí timpeall an domhan. D'fhéadfadh duine amháin an t-árthach a stiúradh gan stró ach bhí a dheirfiúr le Evan ar an leithscéal go raibh níos mó taithí aici ná mar a bhí aige féin. Bhí breosla breise sa stór acu agus soláthar míosa bia agus deoch.

'Céad míle duine,' arsa Evan de chogar le Brigitta. 'Cé mhéad a bheadh ar shorcóir atá cúig uaire níos mó?'

'An daoine a bheadh air?,' a d'fhiafraigh an bhean óg.

'Gheobhaimid amach,' a d'fhreagair Evan agus bhrúigh sé lasc ar an bpainéal stiúrtha os a chomhair amach. Mhéadaigh luas na spásloinge go tobann, agus brúdh siar ina suíocháin iad.

'A thiarcais, ba chóir duit rabhadh a thabhairt dom,' arsa Brigitta agus a súile ag seasamh amach ar a ceann.

'Ní dhéanfainn é sin murach go bhfuil a fhios agam go bhfuair tú an oiliúint chéanna is a fuair mé féin,' ar seisean. 'Is spásairí muid agus caithfimid a bheith ullamh de shíor don luasghéarú tobann.'

Tháinig aghaidh an cheannaire ar an scáileán.

'Evan Mac Donncha agus Brigitta Nic Dhonncha, cén phleidhcíocht é seo? Filligí láithreach ar an scuad! Cuirfear píonós oraibh mura ndéanann sibh mar a ordaím.'

'Aire!' arsa Evan agus chas sé an spáslong go tobann ar ardluas. Mhothaigh an bheirt go raibh na G-fhórsaí á réabadh. Bhí siad ag dul i dtreo eile ar fad anois. Tháinig meath ar an bpictiúir ar an scáileán agus d'éag guth an cheannaire.

'Caithfidh muid a dhéanamh cinnte nach mbeidh a fhios acu cá bhfuil muid ag dul nó beidh cabhlach iomlán an Chomhaontais inár ndiaidh,' arsa Brigitta.

'Céad seasca hocht milliún ciliméadar go dtí ár sprioc,' arsa Brigitta nuair a bhí an anáil ar ais aici. Bhuail alltacht an bheirt acu ansin agus iad ag smaoineamh ar fholús uafar an spáis a bhí rompu amach. Seachas an turas go Mars ní raibh daoine riamh chomh fada sin amach i gcóras na Gréine.

'Nach maith an rud nach bhfuil muid ag brath ar roicéad Saturn V nó a leithéid nó thógfadh sé cúpla bliain orainn,' arsa Evan. 'Leis na hinnil seo beimid ann i gceann cúpla lá. Agus déarfainn go dtógfaidh sé coicís ar a laghad ar an gceannáras teacht orthu.' Lean siad orthu ag athrú cúrsa ar eagla go mbeifí ábalta teacht orthu, ach ba ghearr go raibh siad i measc na mionphlainéad mar a raibh na céadta míle carraig agus moll leac oighre ar fhithis timpeall na gréine. Bheadh sé beagnach dodhéanta teacht ar a spásárthach beag sa dramhaíl sin go léir, dar leo.

3.

Bhí sé le feiceáil go soiléir anois ar an scáileán mór, árthach ollmhór a raibh dath liath miotalach air. Fiú agus iad leathchéad míle ciliméadar uaidh ba léir go raibh méid as cuimse ann. 'Má bhíonn céad míle duine ábalta cur fúthu i spás-stáisiún úr s'againne,' arsa Evan, 'caithfidh sé go bhfuil spás do bhreis is ceathrú milliún san árthach sin thíos fúinn. Timpeall trí chéad caoga ciliméadar cearnach d'achar atá ann, agus más daoine a rinne é ní bheadh fásach ná riasca ná talamh eile gan úsáid ann. Tá taithí againn féin ar dhlús de os cionn míle duine don chiliméadar.'

'N'fheadar an bhfuil siad anseo le fada nó ar tháinig siad le gairid?' arsa Brigitta. 'B'fhéidir nach bhfuil aon neach beo ann.'

'Gheobhaidh muid amach go luath is dócha,' ar seisean. Bhí scanóir raidió ar siúl i rith an ama acu, ach ní raibh a dhath á phiocadh suas acu sa chomharsanacht ina raibh siad.

Las splanc tobann geal ar shoc an árthaigh

aduain. Scaoileadh gath cumhachtach leo a bhain craitheadh as an spáslong. Dheifrigh Evan chun cumhacht na spásloinge a dhíriú trí na féasair ar an mionphlainéad. 'Cad tá ar siúl agat,' arsa an cailín, ag cur a chuid ordaithe ar ceal. 'Is mise an dalta is sinsirí, agus níor chóir duit a leithéid a dhéanamh gan fiafraí díom. Fir!. Claonta chun foréigin i gcónaí! Rachfaimid amach as raon ar dtús agus déanfaimid iarracht teangmháil leis na daoine thíos ansin. Más daoine iad.'

'Ceart go leor, ach níl faic le fáil ar an raidió,' arsa Evan. 'Tá dream éigin thíos ansin a bhfuil eagla orthu romhainn, agus níl aon fhonn cainte orthu.'

Dar le meastúchán an ríomhaire bheadh siad as raon ag seachtó míle ciliméadar agus chúlaigh siad go pointe a bhí an fhad sin ón spásárthach ollmhór.

'Cad is féidir a dhéanamh anois?' a d'fhiafraigh Evan agus é ag obair ar an gcóras iomlán glacadóireachta gan toradh. 'Níl aon chraoladh ar chor ar bith á dhéanamh ón stáisiún sin thíos. Murach an ga a scaoileadh linn déarfainn nach bhfuil neach beo ar bith ar bord. Tá tonnta raidió de gach minicíocht á gcur ina threo agam agus níl aon fhreagra uathu. B'fhéidir gur dream an-aduain ar fad iad nach n-úsáideann radio.'

'Is ar éigean é,' a d'fhreagair an cailín. 'Tugadh faoi deara go raibh muid ar ár mbealach chucu. Ní fhéadfaí ga mar sin a scaoileadh linn gan é a bheith faoi threoir ag raidió, radar nó léasar. Ach b'fhéidir... Ach ní fhéadfadh...'

'Cad é?' arsa Evan. 'An bhfuil smaoineamh éigin agat?'

'Ní fhéadfadh sé a bheith fíor. Ach cuirimis i gcás gur gléas cosanta uathoibreach a chaith an ga sin linn, agus nach bhfuil duine ar bith ar bord, nó gur bhásaigh siad uile agus go bhfuil an t-innealra ag obair i gcónaí. Má théimid i ngar dó arís beidh na scanóirí ábalta aon ghathaíocht as innealra leictreonach a phiocadh suas. Ach ullmhaigh na féasair ar eagla go dtabharfar fúinn arís.'

Bhí na féasair ar an spáslong chun dreigí agus dramhaíl eile spáis a scrios sula ndéanfaidís aon dochar. D'fhéadfadh an phúróg ba lú spáslong a pholladh agus an t-aer uile a bhaint aisti ach teagmháil léi ag céad míle ciliméadar san uair. Chuir Evan go lánchumhacht iad agus chuardaigh an ríomhaire foinse an ghatha a bhuail iad cheana. Isteach leo go mall i dtreo an stáisiúin agus iad ar tinneal. Den chéad uair bhí an eachtraíocht a shamhlaigh siad leis an spás ag tarlú dóibh agus ní raibh siad cinnte gur thaitin an baol leo.

Chonaic siad an splanc ón soc. 'Sciath in airde,' arsa Brigitta go práinneach leis an ríomhaire. Chuir an ríomhaire córas cosanta leictreamhaighnéadach na spásloinge i bhfearas. Craitheadh an spáslong arís ach ní dhearnadh aon dochar. Dhírigh Evan lánchumhacht na féasar ar fhoinse an ghatha. Chonaic siad pléascán ar an soc. Níor tháinig aon gha eile ina dtreo.

'Isteach linn,' arsa Brigitta, 'ach fan ar d'aire.'

4.

Bhí an ríomhaire ag áireamh i rith an ama. 'Tá achar dromchla de thrí chéad dachad a naoi ciliméadar cearnach laistigh den sorcóir sin,' arsa Evan ag léamh an eolais ar an scáileán. 'Is beag innealra atá ag obair ann ach measann an ríomhaire go bhfuil neart ábhar orgánach ann. Tá ocsaen san aer ann, os cionn ocht déag fán gcéad. Tá carbón ann chomh maith agus roinnt mhaith uisce.'

'Domhan beag,' arsa Brigitta. 'Mionsamhail dár ndomhan féin.'

'Agus dar leis an ríomhaire tá an sorcóir mór sin ag casadh ag ráta a chruthódh domhantarraint de 0.9,' arsa Evan. 'Cibé dream atá thíos ansin beidh cosúlacht éigin acu linne'.

'Ach is aisteach an fháilte a chuir siad romhainn,' a dúirt an cailín. 'Tá siad cosúil le treabh de chuid na réamhstaire, ag déanamh ionsaí ar aon strainséirí a thig an bealach.'

'B'fhéidir gur córas uathoibreach a fheidhmíonn mar chosaint in aghaidh dreigí atá ann,' a d'fhreagair an fear óg. 'Más fíor an méid adeir an ríomhaire níl mórán innealra thíos ansin cé go bhfuil neacha éigin beo ann. D'fhéadfadh sé nach bhfuil daoine ann ach ainmhithe, gur tharla tubaiste éigin a chuir deireadh leis na neacha a bhí i gceannas.'

'Tá samhlaíocht agat ar aon nós,' a d'fhreagair Brigitta. Chuir sí na scairdchoscáin ar siúl agus d'ísligh luas a n-árthaigh féin go cúpla scór ciliméadar san uair. Bhuail uamhan an bheirt agus iad ag teacht i ngar don phlainéad tacar, sorcóir ollmhór liath miotail nach raibh nascóid ná roic ar bith ar a dhromchla.

'Caithfimid bealach isteach a chuartú,' arsa Brigitta.

'Bheadh sé ag bun nó barr an tsorcóra,' arsa Evan á freagairt. 'Cuartóidh muid ansin.' Stiúirigh siad a spáslong i dtreo dhromchla chothrom cheann an phláinéid. Agus ceart go leor bhí doras ciorcalach le feiceáil ina lár.

'Ní bheimid ábalta nascadh leis sin,' arsa

Brigitta. 'Tá sé an-difriúil ó na doirse feistithe atá againn féin. Caithimid ár gcultacha spáis a chur orainn agus ár long a fhágáil.'

Bhí eagla ag teacht ar Evan.

'Bheadh sé sin an-chontúirteach,' ar seisean. 'Mura mbímid feistithe leis an doras sin ní bheimid in ann cúlú ar ais anseo má thosaíonn aon trioblóid.'

'Tusa a bhí ar bís le teacht amach anseo,' a d'fhreagair an cailín. 'Níl tú ag iarraidh dul abhaile anois agus muid ar leac an dorais acu, an bhfuil?'

'Ar aghaidh linn,' arsa Evan, 'ó tháinig muid chomh fada seo. Ach beidh mo chroí i mo bhéal agam. Níl a fhios againn cad tá romhainn. An mbeidh an domhan beag seo te nó fuar, geal nó dorcha? Tá sé chomh fada sin ón ghrian nach bhféadfadh na daoine atá istigh ann a bheith ag brath uirthi siúd chun teas nó solas nó cumhacht a thabhairt dóibh.'

'Is maith an rud go bhfuil an trealamh uilig atá uainn sna cultacha spáis,' a d'fhreagair an cailín. 'Beimid ábalta anailís a dhéanamh ar an atmasféar agus beidh cosaint againn ó aon chontúirt.'

Scrúdaigh siad na huirlisí a bhí sna cultacha. Féasair láimhe a d'fhéadfaí a úsáid chun bacanna a scrios, oighear a leá nó fiú ainmhithe contúirteacha a leagadh. Bhí mionríomhairí cumhachtacha acu chomh maith ar ndóigh a dhéanfadh ainilís ar an atmaisféar agus a bheadh ábalta víorasanna nó frídíní contúirteacha a aithint. I ngach spáschulaith chomh maith bhí aistritheoir, ríomhaire ar leith ina raibh stór eolais faoi gach teanga agus córas cumarsáide ar Domhan agus a raibh ar a chumas aistriúchán a dhéanamh ó aon teanga go haon teanga eile agus cur ar chumas duine léamh nó labhairt sa teanga aduain. Thug Brigitta léi chomh maith ciclipéid hológramach le súil go mbeadh a leithéid mar chabhair di agus í ag iarraidh an domhan as ar tháinig sí féin agus a dearthair a mhíniú do na coimhthígh. Bhí cúpla uair an chloig de scánnáin tríthoiseacha ann, maraon le fiche milliún focal d'eolas faoin Domhan agus fán Ollchruinne iomlán.

'Aon chontúirt? An gceapann tú go raibh na dearthóirí ag smaoineamh ar a leithéid seo nuair a chuir siad an trealamh sna cultacha?' arsa Evan agus é ag cinntiú go raibh iomlán cumhachta sna féasair. Chuir siad orthu na cultacha spáis agus an spáslong ag druidim lena sprioc.

Bhí sé in am an spáslong a fhágáil agus dul sa bhfiontar. Stiúraigh siad a n-árthach go mall mall i dtreo an dorais mhiotail, ach fós bhain an teagmháil bhog leis an miondomhan preab astu beirt. Chuaigh Evan amach tríd an aerghlas ar dtús, ag rá leis féin gur thrua ar dhóigh nach raibh an chuma air go raibh a fhios ag éinne go raibh siad ag teacht. Ba léir anois gur ar chóras uathoibreach a bhí an léasar cosanta ag obair go dtí gur mhúch siad féin é. D'inniúch sé an doras agus mar a shíl sé ní raibh aon bhealach ann chun an glas a bhaint de ón taobh amuigh. Bheartaigh sé an gearradh ba lú a d'fhéadfaí a dhéanamh ann chun go mbeadh an bheirt acu ábalta dul isteach gan barraíocht aeir a scaoileadh amach. Bhí sé cinnte de go raibh córas cosanta laistigh chun sileadh a stopadh ach níor chóir seans a ghlacadh. Tháinig Brigitta amach chuige leis an gearrthóir gáis agus ní raibh mórán moille orthu ciorcal a ghearradh sa doras a bhí leathan go leor dóibh beirt. Isteach leo.

Tharraing siad an diosca miotail ar ais ina áit arís agus chuir séala éadrom air trín miotal a leá leis an táthóir gáis.

Chaith siad súil ar na scáileáin bheaga ar a rostaí. 'Fiche cúig fán gcéad ocsaen, seachtó fán gcéad nitrigin, dé-ocsaed carbóin, agus gásanna eile gan dochar,' a léigh Brigitta. 'Tá an teocht ag fiche dó céim Celsius. Tá sé an-chosúil leis an aeráid ar ár spás-stásiún féin. Domhantarraingt de 0.9. Ní mhothóimíd é sin go dtí go mbeidh muid imithe amach ón lár. Ach rachaimid i dtaithí air go gasta. Meas tú an bhféadfaimis na clogaid a bhaint?'

'Táimid in aerghlas faoi láthair. Ní fios cad tá ar an taobh eile den doras sin thall, agus tógfaidh sé tamall ar na ríomhairí a mheas an bhfuil aon fhrídíní contúirteachta san atmasféar... Fanaimis tamall,' a d'fhreagair Evan, agus thosaigh sé á tharraingt féin ar an dréimire miotail i dtreo doras ciorcalach eile.

Ní raibh aon deacracht acu an ceann seo a oscailt, ach baineadh preab astu nuair a thit cré agus mionchlocha síos uathu.

5.

'Níor úsáideadh an doras seo le fada' arsa Brigitta ag leanúint Evan amach.

Chuir an fear óg a cheann tríd an doras. 'Táimid ar Domhan!' a scairt sé amach. 'Tá sé díreach cosúil le bheith sa bhaile ar Terra!' Chuidigh sé le Brigitta teacht aníos taobh leis agus stán siad beirt timpeall orthu. Shín fána féarmhar síos uathu, agus chonaic siad coiníní ag pocléimní fúthu. Ní raibh aon mheáchan ag ceachtar acu ná ní fhéadfaidís a rá cá raibh suas ná síos i ndáiríre nó bhí fána ón doras mór i ngach treo. Mar gur tháinig siad isteach trí lár cheann an staisiúin ní raibh domhantarraingt ar bith orthu agus bhí gach bealach síos, mar a bheadh duine ar an Mol Thuaidh ar domhan ag dul ó dheas cibé bealach a ghlacfadh sé. Chaith siad tamall ag déanamh iontais den áit ina raibh siad. Cúpla ciliméadar uathu bhí loch agus crainn ag fás thart air. Chonaic siad cnoic agus sléibhte san imigéin. Agus amach rompu i lár báire bhí...

'An Ghrian!' arsa Evan le hiontas. 'Tá grian dá gcuid féin acu.'

'Ginteoir núicléach ar foluain sa lár, áit nach bhfuil aon domhantarraingt,' arsa Brigitta de chogar. 'Bíonn sé ina lá i gcónaí anseo.'

'Tá a fhios agam cá mbeadh na daoine mar sin,' arsa Evan. 'Beidh siad ina gcónaí san áit a mbeadh scáileanna, i measc na gcrann sin thall a bhfuil scamaill bheaga os a gcionn.'

Thosaigh siad ag siúl i dtreo na coille.

'Féach!. Cathair!' arsa Brigitta. Stán siad beirt rompu. Taobh thall den choill bhí ballaí agus foirgnimh arda. 'Nach aisteach an áit í sin le cathair a thógáil, díreach faoin ghrian,' arsa Brigitta. 'Tá an talamh ansin beagnach ina fhásach. Shílfeá go mbeadh sí tógtha in aice an locha sin, nó fiú go mbeadh cánáil ón loch ag uisciú na talún.'

'Cibé dream a thóg í chuir siad an loch san áit a bhfuil sé chomh maith,' a d'fhreagair Evan.

Ba ghearr go ndeachaigh ballaí na cathrach as radharc. Bhí fásra chomh tiubh timpeall orthu nach bhfaca siad ach cúpla méadar rompu, agus bhí an ghrian róláidir chun a fheiceáil cad a bhí os a gcionn in airde ar an taobh eile den mhiondomhan.

6.

B'aisteach an rud dóibh beirt a bheith ag steachailt trí dhriseoga agus dealga na coille. Bhain siad díobh na clogaid chun go gcloisidís fuaimeanna nádúrtha an domhain seo. De réir anailís an ríomhaire ní raibh aon fhrídíní ná bitheoga ann a dhéanfadh dochar dóibh. Bhain éan ildaite geit astu le scréach ghéar, agus mheas Brigitta go bhfaca sí moncaí ag luascadh trí na géaga.

'Seafóid!' arsa Evan. 'Cé a thabharfadh moncaí leis amach sa spás?' Baineadh stad as nuair a shiúil ainmhí ollmhór thar bráid gan aon aird orthu beirt.

D'aithin siad a chineál ó phictiúirí a bhí feicthe acu.

'Eilifint!' Labhair Brigitta de chogar, scáth uirthi anois agus í ag cuimhneamh ar na hainmhithe eile a d'fhéadfadh a bheith sa chomharsanacht. 'Tá cosúlacht na hAfraice ar an áit seo. Coimheád nach siúlfaidh tú ar nathair nimhe!'

'Fuist! Feicim roinnt bothán thall ansin,' arsa Evan. 'Ach tá cuma fhián orthu. B'fhéidir nach mbeadh an-fháilte romhainn anseo. Cuirfidh mé brathadóir isteach sa bhaile beag sin romhainn chun a fháil amach cén saghas cultúir atá acu agus cén teanga a labhraíonn siad. Thóg sé sféar beag as póca ina chulaith spásaire agus lig sé dó dul ar foluain san aer roimhe amach. Ní raibh an brathadóir mórán níos mó ná beach, ach bhí ceamara agus córas taifeadta air a bheadh ábalta gach eolas a bhí uathu a bhailiú faoi na daoine a bhí rompu sula rachfaidís féin ina dtreo.

'Sílimse gur cheart dúinn teachtaireacht a chur abhaile,' arsan cailín. 'Cibé rud atá anseo is gá d'fhoireann saineolaithe teacht agus an áit a fhiosrú.'

'Aontaím leat,' arsa Evan. 'Cuir teachtaireacht ar ais chun na loinge agus craolfar ar fud na cruinne é. Tógfaidh sé cúpla lá orthu teacht suas linn agus beidh an oiread is a thig linn déanta againn faoin am sin.'

Labhair Brigitta isteach sa mhicreafón ina clogad, scéala á chur amach aici chuig an spáslong agus as sin abhaile. 'Brigitta agus Evan Mac Donncha anseo. Táimig tagtha i dtír ar spás-stáisiún coimhthíoch ag na comhordanáidí atá leis seo. Tá an áit an-chosúil leis an domhan agus sílimid go bhfuil neacha daonna air. Measaimid gurbh fhearr an scuaidrín iomlán a thabhairt amach anseo le saineolaithe...' Thost sí agus baineadh stad as a croí.

7

Ag seasamh os a gcomhair amach bhí fear a raibh sleá ina láimh aige. Bhí cleití ildaite ar a cheann agus tatú den ghrian ar a ucht lomnocht. Ag féachaint dóibh ar dheis agus ar clé chonaic an bheirt go raibh slua de na daoine aduaine bailithe timpeall orthu go formhothaithe. Rinne an fear os a gcomhair amach comhartha soiléir leo é a leanúint agus thosaigh siad ag siúl, a gcroíthe ag preabarnaíl go haisteach.

'Cad is fearr a dhéanamh anois?' arsa Evan. Tugadh sonc sa droim dó agus níor labhair sé arís.

*　　*　　*　　*

Clochán beag suarach salach a bhí ann faoi scáth na gcrann, gan thar cúpla scór ina gcónaí ann. Ba chinnte nárbh iad na daoine seo a thóg an saitilít ollmhór ach munarb iad cé a thóg é? Mhothaigh an bheirt spásaire óg go raibh mearbhall orthu, go raibh siad imithe siar san am míle bliain nó breis go sráidbhaile bocht san Afraic nó i Meiriceá Theas roimh theacht na nEorpach. Bhailigh slua beag d'áitreabhaigh an chlocháin timpeall orthu, fir, mná agus cúpla leanbh, gan mórán éadaigh orthu ach an tatú sin den ghriain ar a n-ucht ag na fir.

Chonaic Brigitta go raibh Evan ag tarraingt chuige an féasar.

'Fan,' ar sí de chogar. 'Ní dóigh liom gur cheart dul i ngleic leo láithreach. Tá iontas agus eagla orthu romhainn. Feicimid ar ball cad tá ar intinn acu.'

Chomharthaigh fear na gcleití ildaite dóibh suí ar an talamh agus thosaigh sé ag caint leo. Ní fhéadfadh ceachtar acu focal a thuiscint ná ní raibh aon bharúil acu céard a d'fhéadfaidís a thabhairt do na daoine seo mar chomhartha síochána. Ansin smaoinigh Brigitta ar an chiclipéid leictreonach i ríomhaire a culaith spáis agus thosaigh sí ar hológramanna éagsúla a theilgeadh os a comhair amach, pictiúirí den domhan agus de dhaoine, de shaothair ealaíona agus d'uirlisí. Theith daoine siar uathu nuair a chonaic siad mionsamhail de chathair Pháras os a gcomhair amach, samhail a d'athraigh go sliabh Everest agus ansin go leon. Rith siad ar ais áfach agus an-sceitimíní orthu nuair a thosaigh an chiclipéid ag teilgeadh samhla de phirimidí na hÉigipte agus na Maya agus chuaigh siad ag caint eatarthu féin go corraithe.

'Aithníonn siad na pirimidí!' arsa Evan agus iontas an domhain air. 'Lean ort, a Bhrigitta, taispeáin hiriglifí dóibh agus aon rud eile a bhaineann leis an Éigipt ársa.'

D'fhill a bhrathadóir chuige ansin agus lonnaigh in aice lena chluais chlé. Chuir Evan air a chlogad agus chuir a fhearas glacadóireachta i dtiúin leis an bhrathadóir. Tháinig scáileán beag os comhair a shúl ach ní raibh mórán air nach raibh le feiceáil aige cheana. Ba é an t-eolas a chuala sé ina chluais ba spéisiúla.

'Toradh na hainilíse ar theanga na n-áitreabhach: Labhraíonn siad teanga a bhfuil gaol i bhfad amach aici le Berbeiris agus Bascais. Tá cultúr an-saibhir acu ó thaobh scéalta agus seanchas, ach is beag teicneolaíochta atá acu. Labhraíonn a gcuid finscéalta faoi fhathaigh a bhí ann fadó a raibh cumhachtaí iontacha acu.

Thóg siad na cnoic agus na sléibhte agus tháinig siad ó íochtar an domhain mar a raibh ríocht oileánda acu. Chuir siad fearg ar na déithe agus b'éigean dóibh teitheadh go huachtar domhain. Maireann an dream seo faoi eagla roimh treibheanna eile atá níos sofaisticiúla ná iad, treibheanna a labhraíonn canúintí den teanga chéanna. Tugann siad Atlastaicigh orthu féin. Tá siad síochánta go bunúsach ach troideann siad chun iad féin a chosaint ar na dreamanna eile, agus tá airm acu don tseilg. Is féidir leat a gcuid cainte a chloisteáil in aistriúchán má chuireann tú na cóid seo a leanas i do ríomhaire pearsanta...' Chuir Evan a ghlacadóir i dtiúin le caint na ndaoine agus thug ordaithe dá bhrathadóir dul ag fánaíocht ar fud an mhionphlainéid.

8.

'Sliocht na bhfathach iad cinnte. Féach gur tháinig siad ó íochtar domhain. Agus an draíocht atá acu. Níos cumhachtaí fiú ná na Sírigh! Ar cheart iad a mharú nó an ndéanfadh siad ár leas? D'fhéadfadh siad ár naimhde a chloí. Más sliocht na bhfathach iad tuige nach dtuigeann siad ár gcanúint? Nach bhfuil sé ráite go raibh teanga na bhfathach ag gach éinne i dtús ama, sular chuir na déithe mearbhall orainn?' D'éist Evan tamall leis an gcaint a bhí ar siúl ag na daoine sular labhair sé.

'Tuigimid anois sibh' ar sé agus an t-aistritheoir ag cur athfhriotal ar a chuid cainte. 'Ní fathaigh muid, ach ceapaimid gurb as an áit chéanna daoibhse agus dúinne. Inis dúinn faoin domhan seo atá agaibh . Ní gá daoibh aon imní a bheith oraibh, níl aon drochrún againn. Tá na cogaí thart le fada inár ndomhan féin agus ó táimid anseo ba mhaith linn cabhrú libh an tsíocháin a chur i réim in bhur measc.' Rinne

Brigitta iontas den chaint choimhthíoch a tháinig as clogad Evan.

'Gabh mo leithscéal' ar seisean léi nuair ba léir dó go raibh sí ag stánadh air. 'Tá ainilís déanta ag an mbrathadóir ar a dteanga agus tá an t-aistritheoir á úsáid agam. Má chuireann tú do chlogad ar ais ort beidh tú in ann tiúnáil isteach agus ciall a bhaint as a bhfuil á rá.'

Rinne sí amhlaidh agus bhí siad beirt ábalta labhairt leis na hAtlastaicigh a fhad is a chaith siad a gcuid clogad.

Ba bheag an aird a tugadh ar ar dhúirt Evan faoin tsíocháin. Sheas fear óg na gcleití os a chomhair amach.

'Tá na daoine ar an bhruach thall den loch dár marú leis na cianta. Bhí cathracha móra ag ár sinsir ach dódh agus leagadh iad agus níl fágtha dínn anois ach cúpla céad. Deir na seanleabhar go raibh tríocha míle duine inár bpríomhchathair fadó, agus go raibh dhá chathair déag mar sin sa domhan. Caithfimid díoltas a fháil i ngeall ar an scrios a rinneadh orainn! Mura gcabhraíonn sibh linn an namhaid a dhíothú is naimhde sibh féin!' Bhagair sé a shleá ach ba ar éigean a thug Brigitta faoi deara é.

'Seanleabhair! An bhfuil a leithéid agaibh' ar sí. 'An bhféadfaimís iad a fheiceáil?'

'Go réidh,' arsa Evan. 'Tá aird na ndaoine seo ar nithe eile faoi láthair. Tuigimid go bhfuil deacrachtaí agaibh le bhúr gcomharsana,' ar sé leis na dúchasaigh, 'ach tá an domhan seo sách mór do gach duine atá air, agus má leanann rudaí ar aghaidh mar atá ní bheidh aon duine fágtha chun leas a bhaint as. Rinne ár sinsir féin slad agus scrios ar a chéile ar dhomhan i bhfad níos mó ná seo cúpla céad bliain ó shin. Bhí an t-ádh orainn go raibh ar chumas roinnt acu an domhan a fhágáil agus an cultúr agus an tsibhialtacht a chaomhnú sa spás. Mothaímid gur tháinig sibhse as an domhan céanna fadó, cé gur deacair sin a chreidbheáil. Tá sibh cosúil linne. Chabhródh sé go mór linn aon seancháipéisí atá in bhur seilbh a fheiceáil. Cuir uait an sleá sin,' ar sé leis an fhear óg, 'agus inis dom d'ainm.'

'In ainm Dé,' arsa Brigitta. 'Cuir uait an

tseafóid sin! Ní polaiteoir ná ambasadóir tú. Is amhlaigh a spreagfaidh tú chun foréigin iad le plámás mar sin.'

Dhorchaigh aghaidh an dúchasaigh agus thug sé iarraidh dá lann ar Evan. Chaith Evan ga óna phéasar láimhe agus lúbadh an sleá ina lár amhail is dá mba ghiota de théad a bhí inti. Chaith an fear óg uaidh a arm gan úsáid agus chúlaigh sé faoi mhearbhall.

'Evan is ainm domsa, agus is í seo Brigitta. Agus cé tusa?'

'Bras,' a d'fhreagair an fear óg. 'Is mise Bras, mac Cotsal, taoiseach cogaidh na nAtlastacach.' Bhí an bród agus an faghart imithe as a ghuth. 'An bhfuil ocras oraibh? Ullmhaigh béile do na cuairteoirí,' a d'ordaigh sé don mhuintir timpeall air.

Ní raibh aon chaill ar an mbéile a tugadh dóibh, bia úr na coille. Ba mhór an fháilte a bhí ag na spásdaltaí roimhe i ndiaidh dóibh a bheith beo as reoiteoir a spásloinge le tamall de laethanta anuas. Thug siad ardmholadh do chócaireacht na ndúchasach.

Ba léir anois nach raibh an eagla céanna ar na daoine rompu agus gur fiosracht fúthu a choinnigh na daoine ina gciorcal thart orthu.

'Tá an-chumhacht agaibh,' arsa Bras. 'An bhféadfainn an lasairshlat sin agat a fheiceáil?' ar sé le Evan.

'B'fhearr duit gan bhaint dó go ceann tamaill,' a d'fhreagair Evan. 'Is gá oiliúint chun é a úsáid. Nach bhfuil aon rud mar seo ag aon dream a bhfuil aithne agaibhse orthu? Cibé daoine a thóg an domhan seo bhí ardscileanna acu agus bheadh a leithéid de ghléas acu cinnte.'

Bhí díomá ar Bhras nuair nár ceadaíodh dó an féasar a thriall. 'Tá muid cinnte go bhfuil uirlisí agaibhse nach bhfuil aon oiliúint againne ar iad a úsáid,' arsa Brigitta leis chun é a shuaimhniú. 'Níl aon taithí againne ar an tseilg, agus murach sibhse a theacht i gcabhair orainn sa choill is cinnte go mbeimis leonta ag na hainmhithe atá ann.' Chuir sí as an gléas aistrithe ar feadh nóiméid agus labhair sí le hEvan.

'B'fhéidir gur botún é an iomarca ceisteanna a chur orthu,' ar sí. 'Ba chóir dúinn glacadh leo mar atá siad agus gan a bheith á gceistiú faoin am atá thart nó faoi theicneolaíocht atá dearmadta acu. Is cinnte go bhfuil na mílte bliain imithe thart ó bhí na daoine seo ar an leibhéal tionsclaíoch atá againne. Beidh ár mbrathadóirí in ann a lán eolais a bhailiú faoina gcultúr agus faoina stair, ach seans gur fearr do na daoine seo é go ligfí dóibh maireachtáil mar atá siad. Cuimhnigh ar ar tharla sa domhan s'againn féin nuair a tháinig cultúir éagsúla i dteangmháil le chéile, an scrios a rinneadh i Meiriceá Theas mar shampla.'

'Agus i Meiriceá Láir nuair a chuimhním air,' arsa Evan mar fhreagra. 'Bhí pirimidí ag an muintir sa réigiún sin. Meas tú an bhféadfadh gurb as sin a tháinig siad? Ach ní raibh fiú an roth acu siúd. Tá an ceart agat.' Labhair sé arís le Bras. 'Maith dúinn an chaint sin, a chara. Tá muid an-bhuíoch daoibh as ucht bhur bhféile ach ba mhaith linn anois ár scíth a ligean mura miste libh. Tá turas an-fhada déanta agam féin agus ag mo dheirfiúr...'

'Cinnte,' arsa Bras agus threoirigh sé iad go ceann de na botháin. Shíl Evan go raibh cuma uafásach beag air ach nuair a bhí siad laistigh chonaic sé go raibh staighre ag dul faoin talamh. Ar dhul síos dóibh b'fhacthas dóibh go raibh hallaí agus seomraí líonmhara ag dul i ngach treo.

'Bhí na mílte daoine ina gcónaí anseo fadó,' arsa Bras, 'ach leis na cogaí tá an daonra ag titim de shíor. Tig libh seomraí a roghnú daoibh féin. Má theastaíonn uaibh féachaint timpeall tá cead agaibh. Tá roinnt seanleabhar ann agus iarsmaí eile ón seansaol. Bíodh sos maith agaibh.'

Chuir Brigitta cúpla ceist eile ar Bhras faoin seansaol, ach ba léir nach raibh ag an bhfear óg ach blúirí meascaithe eolais agus finscéalta. Ghabh an bheirt buíochas leis agus d'fhan go dtí go raibh sé imithe suas an staighre arís.

8.

'Féachaimís timpeall' arsa Evan go fonnmhar, agus gach rian den tuirse imithe de.

'Bí cúramach,' arsa an cailín. 'B'fhéidir go bhfuil siad ag faire orainn i gcónaí. Níl mé cinnte go bhfuil muinín acu asainn. Más fíor go bhfuil naimhde acu atá ag iarraidh iad a dhíothú bheadh sé nádúrtha go mbeadh an-amhras orthu faoi strainséirí, go háirithe nuair a tháinig muid amach as an talamh ar bhealach míorúilteach mar sin.'

D'oscail doras ar thaobh na láimhe deise agus iad ag caint. Rinne bean comhartha le Brigitta teacht isteach sa seomra léi.

Isteach le Brigitta ach sheas an bhean sa bhealach ar Evan. 'Tig le do dheirfiúir codladh anseo,' ar sí leis. 'Tá an seomra thall duitse.' Rug sí ar uilinn air agus stiúirigh trasna an halla é sula raibh seans ag Evan a dhath a rá le Brigitta. Threoraigh sí isteach i seomra beag é agus dhún an doras agus í ag fágáil. Chuaigh Evan chuig an doras láithreach, ach ní fhéadfadh sé é a oscailt. Bhí sé ar tí an féasar a úsáid chun gearradh tríd nuair a chuimhnigh sé ar an rabhadh a thug Brigitta dó. Bhí roinnt solais ag teacht ón tsíleáil a chuir ar a chumas an seomra ina raibh sé a scrúdú.

Labhair sé lena dheirfiúr ar an raidió clogaid. 'Táimid inár bpríosúnaigh.'

'Tá,' ar sí. 'Agus ná déan aon rud go fóill faoi. Conas tá do sheomra, nó ar cheart dom do chillín a thabhairt air?'

'Compordach go leor,' ar sé. 'Tá leaba ann agus cathaoireacha, tábla agus cófra.'

'Mar an gcéanna anseo,' ar sí. 'Ach tá cás leabhar anseo. Beidh ábhar léitheoireachta agam nuair atá an scríbhneoireacht aduain seo inléite ag an ríomhaire.'

D'amharc Evan isteach sa chófra. Ní raibh ann ach cúpla seanphota cré agus uirlisí seanchaite tí.

'Nach méanar duit. Ní bheidh tada le déanamh agamsa anseo.'

'Ná bíodh imní ort, a dheartháirín. Léifidh mé leabhar duit! Nach féidir leat teagmháil a dhéanamh le do bhrathadóir?'

'Ní féidir. Tá cibé ábhar atá sa díon ag cur cosc ar ghathanna raidió.'

'Nach maith an rud nach bhfuil na ballaí déanta den ábhar céanna. Seo, scrúdóidh mé na leabhair.'

Bhí ciúnas eatarthu ar feadh tamaill, Evan ag feitheamh go mífhoighdeach, fonn air an doras a dhíothú le bleaist ón bhféasar agus a shaoirse a ghabháil. Níor tharla a leithéid dóibh riamh cheana, ó bhí siad ina leanaí beaga ar aon nós. Iad na bpríosúnaigh ag dream aineolach gan teicneolaíocht! Bhí súil aige go mbeadh sé ar a gcumas éalú sula dtiocfadh an chuid eile den scuaidrín suas leo. Thosaigh sé ag smaoineamh ar ar dhúirt Brigitta ansin, faoin mbaol a bheadh sa chaidreamh lena chine féin do na daoine ar an spás-stáisiún seo. Cibé cúis a bhí leis bhíodar gan tionscail anois, armtha le sleánna agus beo ar an tseilg. Léirigh na cleití agus na tatúanna go raibh a gcultúr i bhfad ar gcúl dar leis. Ní bheadh na réalta feicthe acu riamh, ach an ghriain shaorga sin cúpla ciliméadar os a gcionn de shíor, gan titim oíche riamh. Cén tionchar a bheadh ag an eolas go raibh siad ar bord domhain a rinne a sinsir fadó orthu, domhan a bhí beag bídeach i gcomórtas leis na pláinéid uile, domhan nach raibh ann ach carraig i measc na milliún carraig idir Mars agus Iúpatar?

'Conas mar atá ag éirí leat, a Bhrigitta?' a d'fhiafraigh sé faoi dheireadh. 'Cad deir na leabhair sin?'

'Scéalta eachtraíochta is mó atá iontu measaim,' ar sise. 'Ach tá leabhar staire anseo agam. Fan go bhfeice mé... An Clár Réamhstair, Bunú Chathair Atlas, Leathnú na Sibhialtachta, Cóilíniú san Oirthear agus san Iarthar, Fás na Teicneolaíochta, Tubaistí Mara, Scoilt san Impireacht, Ardú Leibhéal an Aigéin, Na Chéad Fhionnachtana Spáis, Scrios na Cathrach, Scéim Fuascailtc, Na Mórthubaistí agus Deireadh na Sibhialtachta. Agus sin uile faoin Réamhstair, a Evan. An Nuastair: Nuadhomhan sa Spás, Ré Órga, Meath na Teicneolaíochta, Na hAoiseanna Dorcha, Bunú na Náisiún Nua, Na hImpireachtaí agus na Poblachtaí, An Tinneas

Mór, An Staid faoi Láthair. Dar leis an
ríomhaire tá an leabhar staire seo os cionn cúig
chéad bliain d'aois, agus níl aon leabhar níos
nua ná sin sa seomra. Déarfainn nár osclaíodh
an cófra seo la blianta fada. Is dócha nach bhfuil
léamh ag na daoine atá anseo anois ar chor ar
bith.'

'Ar thagair tú d'Atlas?' a d'fhiafraigh Evan.
'nach bhfuil sléibhte san Afraic den ainm sin?
Agus finscéal faoi fhathach a raibh an spéir á
choinneáil in airde aige? Agus cad a thug Bras ar
a threabh? Tháinig an dream seo as ár ndomhan
féin cinnte, a Bhrigitta. Scrúdóidh mise an
chicipléid fad is atá tusa ag dul tríd an leabhar.'

Tháinig sé ar nithe suimiúla nuair a chuir sé
Atlas agus fiú an t-ainm Bras Mac Cotsail faoi
bhráid na cicipléide. 'Atlas, sliabh agus fathach,
féach Atlantis, cathair shamhalta a bádh naoi
míle bliain roimh Chríost, dar le staraithe na
Gréige agus na hÉigipte, agus Ys, cathair a
chuaigh faoi thoinn dar le finscéalta na
Briotáine; Bras, laoch de chuid déscéalta na
nGael, féach freisin Breasail, Uíbh Bhreasail,

oileán draíochta san Aigéan Thiar i bhfinscéalta na hÉireann; Cotsal, fuaim ar nós Quetzal, éan troipiceach de chuid Meiriceá Láir, féach Quetzalcoatl dia de chuid na nAztec, a tháinig anoir ón aigéan chucu...'

Bhris Brigitta isteach air go corraithe:

'A Evan, is cur síos ar ilchríoch a bhí idir an Afraic agus Meiriceá atá sa leabhar seo! Tomhais cén t-ainm a bhí ar an phríomhchathair!'

'Atlantis!' ar seisean. 'Ba leor na hainmneacha chun sin a insint dúinn dá gcuimhneoimis air. Smaoinigh air. Tá tomadóirí agus scoláirí ag cuardach leis na céadta bliain ag súil le teacht ar an gcathair ársa sin, agus faighimidne a hiarsmaí céad ochtú milliún ciliméadar amuigh sa spás! Má tá siad anseo le naoi míle bliain ní haon iontas é go bhfuil dearmad déanta acu ar cárbh as dóibh. Lean ort ag léamh go gcloisimid cad a tharla d'Atlantis.'

'Deir sé anseo gur thit an-chuid den mhór-roinn faoi leibhéal na farraige le linn cogaidh a bhí idir bheirt a bhí in iomaíocht le dul i gceannas ar an impireacht. Bhí gléas fofhuaime cumtha ag dream amháin a chraol tonnta an-fhada fuaime. Rinne na tonnta sin smidiríní de charraigeacha agus de thithe. D'éirigh siad as iad a úsáid nuair a chonaic siad an damáiste a bhí déanta, bhí os cionn leath den daonra san impireacht marbh agus na milliún ag teitheadh soir agus siar. ach bhí sé ródhéanach. Ba léir dóibh go raibh an oiread sin dochar déanta do charraigeacha na mór-roinne nach mbeadh fágtha os cionn na mara ach cúpla sliabhraon siar ón Afraic. Ag an am céanna tuigeadh do mhuintir Atlantis go raibh náisiúin eile ag teacht chun cinn a bhí ag amharc le saint ar a saibhreas agus ar a gcumhacht. Measadh nach bhféadfaí an chumhacht sin a fhágáil ar domhan, mar má bhí dream chomh forbartha leo féin ábalta mór-roinn a scrios leis, cad a dhéanfadh treabhanna níos fiáine ná iad?

Beartaíodh ar gach duine a bhí fágtha san impireacht a thabhairt as an domhan ar fad. Bhí teoiricí an spástaistil ar eolas ag a scoláirí agus chuathas i mbun tógála. Caitheadh dhá chéad bliain ar an bhfiontar agus chuaigh saibhreas agus fuinneamh uile na sibhialtachta isteach ann. Faoi dheireadh bhí siad ullamh.

Cuireadh an spás-stáisiún Atlantis le chéile os cionn an atmaisféir agus aistríodh formhór an daonra chuige. Bhí sé i gceist go bhfanfaí ar fhithis os cionn an domhain. Ach tharla go ndeachaigh mionphlainéad idir domhan agus gealach a tharraing an spás-stáisiún Atlantis as cúrsa. Mar sin a tharla dó a bheith anseo i measc dríodar chóras na gréine. Cailleadh na spáslonga uilig an tráth sin. Bhí aird na ndaoine ar ord agus eagar a bhunú in Atlantis Nua agus cailleadh scileanna an spástaistil.' Thost Brigitta. Bhí gleo le cloisteáil sna hallaí.

9

'Tá cath á throid amuigh ansin' a scairt Evan. 'Caithfimid éalú as seo.'

'Fan go gciúineoidh sé,' arsa a dheirfiúr. 'Ach bímis ar ár bhfaichill. Cuir ort do chlogad agus bíodh an féasar réidh.'

Chuala siad beirt torann arm miotal á mbualadh in aghaidh a chéile, agus daoine ag scairtíl. Ach thit tost go tobann i ndiaidh cúpla nóiméad.

'Amach linn,' arsa Evan ag déanamh púdair den doras lena fhéasar. Bhí Brigitta ina seasamh ar thairseach an dorais trasna uaidh agus toit óna ghléas féin. Sa halla bhí cleití agus cúpla sleá briste ar an urlár, smálanna fola chomh maith ar urlár agus ballaí.

'Dia dár sábháil!' arsa Evan, 'bhí marú anseo. Amach linn!' ar sé ag dul i dtreo an staighre.

Bhí an áit ina cíor tuathail lasmuigh. Capaill ag seitrigh, daoine ag béicíl agus ag caoineadh agus iad á dtiomáint isteach i gcairteanna ag saighdiúirí a bhí clúdaithe ó bhaithis go bonn i gcathéide miotail. D'amharc an bheirt thart orthu ag iarraidh ciall a dhéanamh as an ngleo agus an gcíor thuathail a bhí thart orthu. Tháinig saighdiúirí amach as na tithe agus iad ualaithe le creach. Lig Brigitta béic aisti, agus thiontaigh Evan a cheann. Bhí marcach ag tabhairt fúthu le rinn a shleá dírithe orthu nuair a chaith deartháir agus deirfiúr in éineacht é. D'éirigh an capall ar a chosa deiridh, an marcach ag titim siar agus deatach ag éirí as a chathéide. Chiúinigh nithe go tobann agus gach duine ag stánadh ar an bheirt spásaire. Lig fear mór ar chapall dubh béic as agus chúlaigh na hionsaitheoirí as an gclochán. Chuaigh siad as amharc i measc na gcrann agus a gcuid cimí leo.

Stán an bheirt ar an deannach a d'fhan ar foluain san aer ina ndiaidh agus ansin d'fhéach siad ar a chéile.

'Tá an baile ar fad fuadaithe ag na hamhais!' arsa Brigitta. 'Sin iad na naimhde ar thagair Bras dóibh. Cad a dhéanfaimid anois?'

'Ní dhéanfaimid tada gan eolas,' a d'fhreagair a deartháir ag glaoch ar ais ar a bhrathadóir.

Bhí an-chuid eolais ag an ghléas brathadóireachta. Cúig chiliméadar uathu a chónaigh an treabh eile, na Sírigh. Bhí suas le deich míle díobh ann, iad an-eagraithe, córas feodach acu agus iad de shíor ag déanamh ruathair ar a gcomharsana chun sclábhaithe a fháil a dhéanfadh an obair chrua dóibh, idir thógáil agus feirmeoireacht. Ansin baineadh preab as an bheirt nuair a lean an t-eolas ón mbrathadóir:

'Timpeall céad fiche bliain ó shin tháinig titim thubaisteach ar ráta beireatais na Síreach de bharr méadú ar raidghníomhaíocht na gréine. Thit an daonra ó seachtó míle go deich míle de réir a chéile. Níor rugadh aon leanbh ina gcathair le fiche bliain anuas agus is dá bharr sin is mó atá siad ag fuadach as bailte eile. Tá an mhórchuid dá gcuid tailte róthruaillithe anois chun aon bharr a thabhairt ach cuireann siad na príosúnaigh ag obair iontu mar sin féin. De thoradh na raidghníomhaíochta tá a gcuid bia uilig truaillithe agus a sláinte go dona dá réir. Ní mhairfidh an treabh seo níos mó ná glúin amháin eile, agus níl aon treabh líonmhar eile fágtha ar Atlantis.'

Chuir Evan agus Brigitta ceisteanna ar an mbrathadóir:

'Cad é foinse na raidghníomhaíochta seo, an ghrian? Cén daonra atá fágtha ar an stáisiún seo?'

'Tógadh an geinteoir núicléach i lár Atlantis agus saol ocht míle bliain measta dó. Leis na céadta bliain anois tá sé mar a bheadh réalta a bheadh ar tí pléascadh mar gur ar éigean atá aon hidrigin fágtha ann. Is iad na ceantracha atá díreach faoi is mó atá ag fulaingt ón raidghníomhaíocht, ach tá dochar déanta do gach duine agus ainmhí ar Atlantis. Is iarracht ar iad féin a chosaint ar an ghrian na cathéidí miotail atá á gcaitheamh ag naimhde Bhras, ach níl aon éifeacht lco. Mar gheall ar gurb iad is faide ó lár an stáisiúin níl an dochar céanna déanta do na hAtlastacaigh is atá do dhaoine eile, ach níl fágtha ar Atlantis ach cúpla míle duine seachas an deich míle Síreach atá á bplé againn.'

D'amharc Evan go faiteach in airde i dtreo na gréine buí os a chionn.

'Ní mór dúinn deifir a dhéanamh,' ar sé le Brigitta. 'Saoraimis Bras agus a mhuintir agus beidh muid ar shiúl linn amach as an diabhal áit seo!'

'Ar aghaidh linn!' arsa an cailín agus thosaigh sí ag rith síos cosán na coille. Lean Evan í de shodar.

10.

Cé go raibh an dream eile ar chapaill ní raibh mórán luais fúthu, nó ní raibh na hainmhithe céanna saor ó dhrochthionchar na raidghníomhaíochta. B'fhurast a lorg a leanúint nó bhí deannach á chur san aer ag na capaill agus na cairteanna. Cé nach raibh aon phlean acu ach iad a leanúint ní raibh eagla ar bith ar an mbeirt rompu. Bhí muinín acu as a dteicneolaíocht shárfhorbartha agus as a misneach féin. Tugadh faoi deara go raibh siad sa tóir ar na fuadaitheoirí. Thuirling deichniúir de na hamhais dá gcapaill agus sheas i líne rompu. 'Tá siad cosúil le scata róbónna ina n-éide miotail,' arsa Evan agus Brigitta agus é féin ag teacht suas leo. 'Seo. Déanfaimid cordaí de na claimhte sin agus ruagfaimid iad.' Léim na gathanna as an dá fhéasar arís agus theith an deichniúr laoch nuair a thit na claimhte gan éifeacht as a lámha. Ar fheiceáil don chuid eile cad a tharla chuir siad na capaill ar chosa in airde i dtreo a gcathrach agus thiomáin siad na cairteanna lán de phríosúnaigh rompu. Bhí ballaí arda cloiche timpeall ar a mbaile acu, geata amháin air agus iad ag dul ina threo go mear. Ní raibh ar chumas na beirte teacht suas leo sular dúnadh an geata ina naghaidh.

'Cad a dhéanfaimid anois?' arsa Evan. Chaith sé ga lánchumhachta leis an gheata ach ní raibh éifeacht ar bith leis.

'In ainm Dé!' arsa Brigitta. 'Nach féidir leat cuimhneamh ar a dhath ach an foréigean. Déanaimis iarracht labhairt leis na Sírigh seo. Má deirimid leo go bhfuil slua ag teacht inár ndiaidh a bhéadh ábalta cabhrú leo, seans go ligfidh siad ár gcairde saor.'

Bhí siad beirt ina seasamh ag bun an gheata. Chonaic siad clogad geal miotail os a gcionn ar an mballa.

'Ní mian linn troid a chur oraibh,' arsa Brigitta. 'Ach ba mhaith linn go saoródh sibh ár gcairde. Tuigimid go bhfuil an-trioblóid agaibh ar an domhan seo ach tá scuaidrín dár muintir ar an mbealach a bheidh ábalta cabhrú libh. Is fada ó fuair muintir Terra leigheas ar ghalair na raidghníomhaíochta…' Leagadh í ag saghad a bhuail san ucht í. Chosain a spáschulaith í ach baineadh an anáil aisti. Chaith Evan ar ais agus chuaigh an clogad geal as radharc. 'Tá an dream seo ródhúr chun muid a thuiscint,' ar sé ag cabhrú lena dheirfiúr seasamh. 'Níl aon dul as againn ach an lámh láidir a úsáid.'

'Ach ní féidir linn dul tríd an geata sin.'

'Tríd an mballa mar sin linn,' arsa Evan ag caitheamh leis na clocha. Bhí siad i bhfad níos laige ná an geata, agus bhí poll déanta aige gan mhoill. 'Tá súil le Dia agam go mairfidh cumhacht na bhféasar seo,' arsa Brigitta agus saighdiúirí á leagadh ar gach taobh acu. Fuair siad radharc gearr ar chathair mheánaoiseach shalach, ach bhí roinnt de na foirgnimh mhóra go hálainn. Scaip daoine le sceimhle rompu agus chonaic siad na cairteanna agus na príosúnaigh i gcearnóg mhór i lár na cathrach. Bhí pirimid i lár na cearnóige agus samhail órga den ghrian ar a barr. Sheas dealbha barbartha ar garda ag cúinní íochtaracha na pirimide. Ach ní raibh aon am acu a bheith ag féachaint ar áilleacht na timpeallachta. Thug siad faoi na príosúnaigh a shaoradh.

Ní raibh fágtha de mhuintir Bhras ach cúigear déag nó mar sin, Bras féin ina measc. Bhí seisean gortaithe agus gan ar a chumas a dhath a dhéanamh. Luigh sé i gceann de na cairteanna agus a bhean chéile óg ag iarraidh an fhuil a ghlanadh de chneá ar a bhaithis. Chuaigh Brigitta i gcabhair uirthi agus scrúdaigh Evan an chuid eile. Ba léir go raibh siad craite go mór ag a gcuid eachtraí ach ní raibh cuma ró-olc orthu ina ainneoin sin. Thosaigh a bhrathadóir ag bípeáil go práinneach.

'Caithfimid an áit seo a fhágáil go beo,' arsa Evan. 'Tá dath an tsolais ag athrú. Is gearr go bpléascfaidh an ghrian. Ní féidir linn a dhath eile a dhéanamh anseo. Seo linn chun na spásloinge.'

'Ach ní bheidh spás ann do gach duine,' arsa Brigitta go cráite. 'Cad a dhéanfaimid leo sin nach féidir a chur ar bord?'

'Smaoineoimid air sin nuair a shroichimid é. Beidh orainn spás a dhéanamh ar bhealach éigin,' a d'fhreagair Evan. 'Gheobhaidh tú amach anois an féidir leat capall agus cairt a thiomáint! Deir an brathadóir go bhfuil an ghrian ar tí at agus pléascadh nóiméad ar bith feasta!'

Suas leis i suíochán tiomána cairte acu agus chraith sé na srianta. Ghluais an capall ar aghaidh. Chuala sé an gleo ar a chúl agus ar amharc thart dó chonaic sé go raibh na naimhde tagtha chucu féin agus ag ullmhú chun ionsaí a dhéanamh.

'Déan deifir in ainm Dé!' a scairt sé. 'Tá siad chugainn arís!'

'Hup! hup!' arsa Brigitta ag cur a capall chun sodair. Chuir Evan a fhéasar ar lánchumhacht agus chaith ga ar a chúl. Phléasc teach agus caitheadh a chuid dríodair anuas ar an lucht tóra. Chuir sin moill orthu ar feadh nóiméid.

11.

Stop an bheirt acu na cairteanna ag an am céanna agus iad ag teacht i ngar don doras spáis. Bhí slua marcach ina gcultacha lonracha ag teacht ina dtreo ón taobh eile.

'Cad a dhéanfaimid anois?' arsa Evan. 'Ní féidir linn troid a chur ar an oiread sin díobh.'

'Níl aon rogha againn,' arsa Brigitta ag díriú a harm ar an slua marcach. Scaoil sí roiseanna gearra de ghathanna ina dtreo, a fhios aici nach raibh an oiread sin cumhachta fágtha san fhéasar. Léim Evan dá chairt agus d'éirigh leis an doras spáis a oscailt. Ní raibh mórán deacrachta aige na daoine a chur tríd nó bhí siad gan mheáchan ag an bpointe seo den spás-stáisiún. Thaispeáin sé don dream óg conas dul ag lámhachán le cabhair an dréimire i dtreo an dorais sheachtraigh. B'éigean do bhean Bhras greim a choinneáil air siúd agus chuaigh an bheirt ar foluain le chéile nuair a thug Evan brú beag dóibh i dtreo an taobh amuigh. Léim Brigitta isteach chuige.

'Níl faic fágtha san fhéasar agam,' ar sí. 'An féidir leatsa iad a stopadh le do cheann féin?'

'Ceart go leor,' arsa Evan ag baint de a chulaith spáis. 'Cuir seo ar dhuine acu agus tóg amach chun na spásloinge é. Tá cúpla culaith eile ar bord. Ach beidh ort a bheith an-ghasta. Ní bheidh mise ábalta moill a chur orthu ar feadh i bhfad. Níl an oiread sin cumhachta fágtha i mo fhéasar féin.'

Theilg Brigitta í féin i dtreo an dorais sheachtraigh agus dhírigh Evan a fhéasar ar an doras eile. Baineadh preab as nuair a d'fhill an cailín beagnach láithreach chuige agus an táthóir léi.

'D'fhág muid é seo inár ndiaidh. Úsáid anois é chun an bealach seo a chosc orthu!' ar sí. Ar aghaidh léi arís agus thosaigh ar an chulaith spáis a chur ar bhean Bhras, an t-aon duine fásta nach raibh róghortaithe chun aon ní a dhéanamh. D'fhéach Evan i dtreo an tsolais arís agus chonaic na cultacha miotail ag teacht isteach an doras. Lig sé uaidh an táthóir agus dhírigh an féasar. Chaith sé tonn láidir amháin ina dtreo agus rug ar an táthóir arís. Chuaigh na cultacha as amharc. Chiceáil Evan an doras gur dhún sé agus las an táthóir. Ba mhór an faoiseamh dó an lasair ghorm a fheiceáil ag léim as agus ag leá an mhiotail. Bhí a aire iomlán ar an obair agus baineadh preab uafásach as nuair a rugadh ar a ghualainn. Chas sé agus é ag iarraidh breith ar an bhféasar.

'In ainm Dé, a Evan, cad tá ar bun agaibh?' Bhí sé ag amharc ar aghaidh a cheannaire trína chlogad. Chaith sé uaidh an táthóir le hiontas agus thug freagra pras air.

'Caithfimid imeacht as seo go beo, a cheannaire. An bhfuil cultacha spáis agat do na daoine seo? Tabhair amach chuig an scuaidrín láithreach iad. Beidh an pléascán is mó riamh anseo nóiméad ar bith!'

Ní raibh Séamus Ó Tuathail ina cheannaire scuaidrín gan fáth. Thuig sé láithreach an phráinn a bhí i gcaint Evan agus thug a chuid ordaithe. Bhí an t-aerghlas lán de chultacha spáis agus fuadar mór ar lucht an scuaidrín na teifigh a ghléasadh chun imeachta.

'Cén cineál trioblóide ina bhfuil sibh, a Mhic Dhonncha?' ars an ceannaire. 'Tuige a bhfuil an doras sin táthaithe agat?'

Thug Evan cuntas gearr gonta dó ar ar tharla agus d'aontaigh an ceannaire nach raibh aon am le cur amú. Chúlaigh sé féin agus Evan i ndiaidh na coda eile.

'Tá a fhios agaibhse beirt go bhfuil rialacha againn ar mhaithe libh féin,' arsa an Ceannaire Ó Tuathail agus iad ar a mbealach amach ón spás-stáisiún aduain. 'Bhris sibhse péire de na rialacha sin agus ní fios domsa cén píonós a chuirfear oraibh. Tá seans maith ann go ndíbreofar sibh as an spáscholáiste ar fad agus creidim féin gur cheart sin a dhéanamh. Tá áit ann don phleidhcíocht agus don eachtraíocht ach ní thig linn ligint do dhuine nó beirt imeacht leo ar a gconlán féin i ndoimhneacht an spáis gan chead. Tá an t-ádh dearg libhse nach raibh muid i bhfad ag teacht suas libh. Má fhágtar fúmsa é beidh –'

Bhí Evan ina spáslong féin le Brigitta agus Bras agus a bhean siúd. Bhris sé isteach ar óráid an cheannaire.

'In ainm Dé,' ar seisean, 'bailimis linn go beo! Féach na figiúirí sin ar an ríomhaire! Beidh ollphléascán supernova againn istigh ansin nóiméad ar bith feasta!'

Thost an ceannaire.

'Dar fia, tá an ceart agat! Barrluas gach duine! Caithimid oiread spáis a chur idir muid agus an spás-stáisiún agus a thig linn.'

Bhí Bras agus a bhean caite ar urlár na spásloinge, iad spíonta agus scanraithe. Thug Brigitta deoch dóibh agus d'fhiafraigh de conas a bhí sé. Mhúscail siad beagán.

'Cén bhail atá ort anois?' a d'fhiafraigh sí de Bhras agus í ag iniúchadh a chneá.

'Tá mé ceart go leor,' ar sé de ghlór lag. 'Ach cá bhfuil an chuid eile, cad a tharla? Cá bhfuil an mhuintir eile? Cá bhfuil muide,' ar sé agus mearbhall air.

'Tá tú ar spáslong,' a d'fhreagair Brigitta. 'Agus tá a bhfuil fágtha de do mhuintir ar spáslonga eile an chabhlaigh. Tá do dhomhan féin i mbaol.' Ní túisce sin ráite aice ná bhéic Evan.

'Féachaigí seo! Tá sé ag dul in airde!'

Ar scáileán mór na spásloinge las réalta nua go tobann, solas geal gorm a d'fhás go dtí go raibh sé míle ciliméadar ar trastomhais.

'Supernova beag!' arsa Evan agus sceitimíní air. D'fhéach sé ansin ar Bhras. 'Tá brón orm,' ar sé. 'An dtuigeann tú cad tá ag tarlú? Tá deireadh le Atlantis. Ní raibh muid ach díreach in am chun tú féin agus do mhuintir a shábháil.'

D'éirigh an laoch óg bán san aghaidh agus thit sé i laige. Bhí a bhean ag stánadh ar an scáileán agus scanradh ina súile.

'Na créatúir,' arsa Brigitta. 'Beidh sé an-deacair dóibh féin agus dá muintir aon chiall a bhaint as a bhfuil tarlaithe dóibh.'

'Smaoinigh air,' arsa Evan. 'Tagaimid ar iarsmaí deireanacha na hilchríche a scriosadh deich míle bliain ó shin, agus ní túisce muid ann ná pléascann sé san aghaidh orainn. Níl a dhath fágtha d'Atlantis anois.'

'Tá an leabhar seo a thug mé liom, stair Atlantis' arsa Brigitta á thaispeáint dó.

'Agus tá an t-eolas a bhailigh an brathadóir againn chomh maith,' arsa Evan.

Ní raibh focal as an gceannaire anois.

Bheartaigh Brigitta go raibh sé in am tuairisc a chur abhaile.

Thosaigh sí ag labhairt lena spás-stáisiún féin.

'Brigitta agus Evan Mac Donncha anseo ag filleadh abhaile. Iarraimid go mbeadh dochtúirí agus banaltraí roimh an scuaidrín. Tá teifigh as Atlantis linn agus cuid acu leonta!'

Iarla Mac Aodha Bhuí

Rugadh Iarla Mac Aodha Bhuí i gContae na Gaillimhe. Chaith sé a óige i gCorcaigh, Ciarraí, Baile Átha Cliath agus i nGaoth Dobhair. Ghnóthaigh sé céim sa Léann Éireannach ó Ollscoil Chúil Raithin 1976, agus M.Phil i 1986. Tá sé ag cur faoi lámh le Gaillimh ó 1977 agus sé leabhar dá chuid i gcló go dtí seo.

Is ball gníomhach é de Ghaelscoileanna le roinnt blianta anuas. Beidh cúpla leabhar eile ag teacht uaidh go luath.